Elizabeth Cole

Nuestra diversidad
nos hace más fuertes

¡A todos los niños que alguna vez se han sentido diferentes!

Copyright 2022 por Elizabeth Cole - Todos los derechos reservados.

Todos los derechos reservados. Ninguna parte de esta publicación o de la información que contiene puede ser citada o reproducida de ninguna forma por medios como la impresión, el escaneo, la fotocopia o cualquier otro, sin el permiso previo por escrito del titular de los derechos de autor.

Descargo de responsabilidad y condiciones de uso: Se ha hecho un esfuerzo para asegurar que la información de este libro sea precisa y completa, sin embargo, el autor y la editorial no garantizan la exactitud de la información, el texto y los gráficos contenidos en el libro debido a la naturaleza rápidamente cambiante de la ciencia, la investigación, los hechos conocidos y desconocidos e Internet.

El autor y la editorial no se responsabilizan de los errores, omisiones o interpretaciones contrarias del contenido del libro.

Este libro se presenta únicamente con fines motivadores e informativos.

No me gustan mis nuevos lentes. Son muy redondos, azules y enormes.
Ser diferente a los demás niños es algo nuevo y puede causar temores.
¿Qué debo hacer entonces?
¿En mi mochila o tal vez en mi estuche debo esconderlos?
Temo que se burlen de mí cuando sobre mi rostro vayan a verlos.

"¡Hola, Nick! ¡Mira! Tengo nuevos brackets y bajo la luz brillan.
Harán que mis dientes estén sanos y mi mordida corrijan.
¡Vamos, date prisa! No queremos llegar tarde a las clases.
Y por cierto, me encantan tus lentes. Creo que son geniales".

¿Los son? Hum… quizá no sea tan malo ser diferente,
Sarah tiene nuevos brackets y triste no se siente.
La diversidad tiene valor, sin importar lo que el resto comente.
Supongo que, de alguna forma especial, cada uno es diferente.

Desde la piel en que habitamos hasta como el cabello llevamos;
Desde el Dios al que oramos hasta la comida con la que nos alimentamos.
A Jason le encanta en su patineta patinar y a Billy en su bici andar.
Algunos de mis amigos van en autobús, pero a mí me gusta caminar.

"Aunque soy un chico, al fútbol americano no me gusta jugar. Sin embargo, me da felicidad y alegría el ballet bailar".

"Debido a mi acento, cuando hablo sueno diferente a ti.
Pero recuerda que tu idioma también suena distinto para mí".

"No oigo muy bien, pero mis planes no podrá arruinar.
Por eso el lenguaje de señas con las manos aprendí a usar".

¡Vaya! Tan diferentes pero a la vez tan únicos somos.
Desde la forma de sonreír y caminar, hasta la forma en la que hablamos.
Milán tiene pecas en la cara mientras Fátima viste lunares rojos.
Sin nuestras diferencias, el mundo sería aburrido para nuestros ojos.

Cada día respeto a aquellos que son diferentes a mí.
Y ellos son amables con las diferencias que encuentran en mí.

Todos tenemos diferentes deseos. Sueños distintos podemos soñar.

"Amo la naturaleza. A los bosques, mares y arroyos voy a cuidar".

"Algún día, la luna visitaré y a las estrellas volaré".

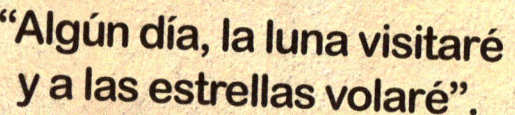

"Tal vez tú a la gente sanes, pero de los coches yo me encargaré".

También nos hace diferentes aquello que sintamos.
Ante la misma situación, de formas distintas nos comportamos.
"No me gusta esperar en una fila. Me puede molestar.
Me siento inquieto y de sudor me comienzo a empapar".

"Soy muy paciente. Esperando aquí todo el día puedo estar".
"Puedo disfrutar del sol brillante y una canción feliz cantar".
"Me encanta esperar con Lily, siempre usa un sombrero diferente.
Nos gusta cotillear un poco y con sus charlas me divierte".

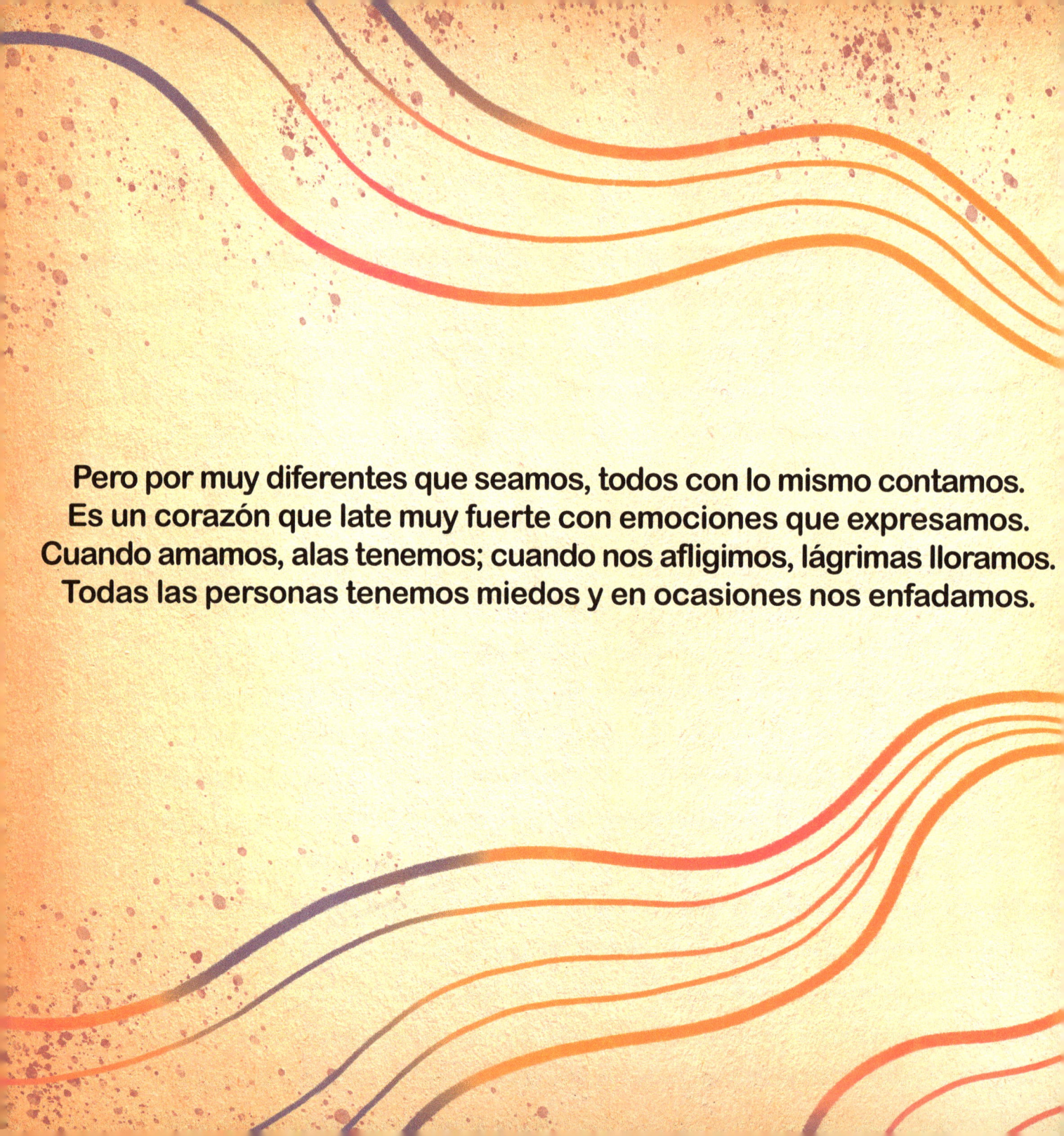

Pero por muy diferentes que seamos, todos con lo mismo contamos.
Es un corazón que late muy fuerte con emociones que expresamos.
Cuando amamos, alas tenemos; cuando nos afligimos, lágrimas lloramos.
Todas las personas tenemos miedos y en ocasiones nos enfadamos.

Y cuando las lágrimas más tristes lloremos o miedo experimentemos,
Nuestra familia ahuyentará todas las penas y temores que tenemos.
Algunos encontrarán refugio en los cálidos abrazos de su madre.
Algunos le pedirán que luche contra feos bichos a su padre.

Algunos el Corán con felicidad en su rostro leerán.
Y otros en la Biblia, un lugar de paz encontrarán.
Para aquellos que no tienen padres, un amigo será ideal
Para que traiga una sonrisa, carcajada y un día genial.

Así que si nuestras pieles son amarillas, negras, blancas o cafés.
O nuestra personalidad es tímida, conversadora, traviesa o cortés.
Y si nuestra cabellera es castaña, rubia, trenzada o rizada.
Cada una de estas diferencias en este mundo es apreciada.

Esto es lo que soy. Me encanta TODO de mí.
Aceptarme tal y como soy y sentirme libre así.
Usaré con orgullo todos y cada uno de los días mis lentes.
Me acepto y a los demás. Nuestra diversidad nos hace más fuertes.

"LA DIVERSIDAD NO CONSISTE
EN CÓMO NOS DIFERENCIAMOS.
LA DIVERSIDAD CONSISTE EN ABRAZAR LA SINGULARIDAD DE CADA UNO".
—OLA JOSEPH

Ve aquí para conseguir tu
página para colorear **GRATIS**

Estimado lector,
¡Gracias por comprar mi libro!

Este es el cuarto cuento de la serie "El mundo de las emociones de los niños". Su objetivo es enseñar a los niños la importancia de la diversidad, ayudándoles a aceptarse a sí mismos y a los demás, así como a celebrar todas nuestras hermosas diferencias.

Recibí muchos comentarios positivos sobre mis tres primeros libros y espero que este también os haya gustado. Como siempre, un agradecimiento especial para mis jóvenes lectores, ¡sus comentarios y su amabilidad son de suma importancia y me inspiran todo el tiempo!

¡Estoy muy motivada para continuar las aventuras de Nick! Entonces, ¿qué tipo de tema te gustaría ver en mi próximo libro? Por favor, no dudes en enviarme todos tus pensamientos e ideas.

¡Me hace mucha ilusión que me contestes! Puedes escribirme a elizabethcole.author@gmail.com o visitar www.ecole-author.com.

También te agradecería mucho que hicieras una reseña de mi libro. Aquí está el enlace a "Nuestra diversidad nos hace más fuertes" en Amazon:

Con cariño,
Elizabeth Cole

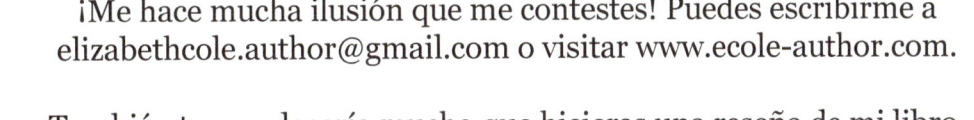

Printed in the USA
CPSIA information can be obtained
at www.ICGtesting.com
LVHW070026291023
762448LV00014B/700